Vinicius Comoti

O FUTUM DAS BIRELAS

SENDAS edições

Coordenação Editorial
Sálvio Nienkötter

Editor Adjunto
Raul K. Souza

Capa
Cleber Orsioli.

Editoração
Fernando Ribeiro

Produção
Cristiane Nienkötter, Raul K. Souza e Valsui Júnior

Dados Internacionais de Catalogação na Publicação (CIP)
Andreia de Almeida CRB-8/7889

Comoti, Vinicius
O futum das birelas / Vinicius Comoti. -- Curitiba : Kotter Editorial, 2018.
104 p.

ISBN 978-85-68462-87-4

1. Poesia brasileira I. Título

18-1917 CDD B869.1

Texto adequado às novas regras do acordo ortográfico de 1990, em vigor no Brasil desde 2009.

SENDAS edições

Rua das Cerejeiras, 194
CEP: 82700-510 — Curitiba — PR
Tel. +55(41) 3585-5161
www.sendasedicoes.com.br

1ª edição
2018

BAZU DE BAMBA

estou caducando a minha sobrevivência
separando os conflitos dos amigos
bebendo sozinho como uma estrela do mar
admirando o trânsito enquanto lembro das tartarugas
tirando o sossego dos bebês que passam no carrinho e eu mostro a língua
flertando com algum fantasma as próximas voçorocas no meu batimento
alternando caminhos enquanto a bosta do passarinho se prolonga em miudezas de um inverno rigoroso
as palavras vão se entregando uma a uma para o que a desordem pede e rebate
a rabugice deixa de tatear o desprezo da cidade para a imagem de um colosso
espreito o ilusório fôlego despertado pela menina que diz me amar
sabendo que quanto mais eu me penduro na árvore, mais é a chance deu me ferrar

PEGOU FOGO

o sexo
a gasolina
fogo
festa junina
se fosse
ilha
muitos gemidos
duas filhas
se abrevia
se fosse
ida
seria corpo
alguma trilha
inimiga
a periquita
sem armadilha
fogo
de gasolina

ARREBENTA

arrebentaria de qualquer jeito
a vida puta num despacho mal feito
o encosto no arame farpado
as ironias de um senhor que se diz assexuado

EU VI ELA

eu vi ela passando rapidamente
eu vi ela conforme os antecedentes
eu vi ela suja com a pasta de dente
eu vi ela voltar a beber como antigamente
eu vi ela dizer que bêbado não mente
eu vi ela reluzir até quebrar o pente
eu vi ela descrente com a serpente
eu vi ela batendo em parentes
eu vi ela descendo a escada inocentemente
eu vi ela borrada pela falta de lentes
eu vi ela vivendo com um adolescente
eu vi ela e o diabo de frente

A INVENÇÃO

a luz estourada esconde o rosto
e a madrugada clama por um anjo

a invenção de um castelo de cartas
no centro do furacão preguiçoso

O QUE DESEJO

a cannabis de Eros
não dá barato
para os peixinhos
do aquário
que não gostam
de fumaça
e olhos vermelhos

a cannabis de Eros
goza de abstrações
fio de canções
o que era belo

a cannabis de Eros
persiste com os cogumelos
pela noite de inverno
amaciando o meu cérebro
em pleno assalto do céu

O QUE MUDOU DE NÓS

a faca cega nos cortou
os dias se emboloraram
a lambujem da coruja
nunca mais acordei do seu lado

O BICHO PAPÃO COM MEDO DA LUA

o bicho papão com medo da lua
o bicho papão com greve de fome
o bicho papão nu diante a ira da rotina
o bicho papão descolando os rastros da infância
o bicho papão pensando sobre o cinema brasileiro
o bicho papão com algumas moedinhas no bolso
o bicho papão revelando desertos sem glória
o bicho papão namorando outros bichos papão
o bicho papão limpando o banheiro da rodoviária
o bicho papão e a paralisia do pensamento
o bicho papão discutindo sobre a corrupção do país
o bicho papão perdido
o bicho papão coçando
o bicho papão rebolando depois de uma noite de bebedeira

OBLONGO

volta a si
atravancado
pelas rédeas do bagulho
que a fadinha perdeu pela rua Nilo Cairo

CORPOS SURRADOS

olhos naturais
olhos de serpente

você me prende
com a mão na calcinha

sua boca traça
a sangue frio
o suor do meu calor

sentir seu gozo
me deixa pregado
rosto no seio
o céu delicado

abraço suas coxas
fechando os olhos
acariciando a flor

PORRETE

abri a porta
perversa
com o porrete
na mente
quebrando a janela
e o alvorecer

MINHA PALMA MEU LABIRINTO

minha perdição pelo tempo
a peripécia afogada
sentir é descolado
mil novecentos e noventa e quatro

PELA GENTE

te encosto
pela bebedeira

noite sem fim
da gente se escondendo
um do outro

vadiagem brava
a mente lisa
os mesmos extremos

ao menos
se foi a manhã
discreta e turva

NO CANTINHO DO BAR QUE JÁ SE FOI

no cantinho que bebíamos
no cantinho que sentíamos
a cada cerveja
uma nova estrela no ninho

outro dia qualquer
não estava lá
apenas os restos da fachada
com a notícia do bar

OREIA

o limão no olho
os cachorros transando no canto da igreja
o vulcão seco lembrou a morte do meu avô
a carência de um andante vislumbrado
tudo acontecendo no mesmo sábado
a frustração pelo arroz queimado
o estorvo da remela no afresco do vagabundo
a catarse que nunca mais insistimos em nossas piruetas
bandidos de todas as luzes praguejando contra a
economia
os filmes não revelados para este século

SENTE AQUI FORA

sente aqui fora
vamos tomar uma

nossas vidas
são um eterno berreiro
e firula

quem sabe a gente
esteja em outra disputa

aquela que se acha bruta
onde é mais bruxa

PARANÓICOS E FORDUNÇEIROS

a pedra caduca
e paralisa
a pedra
é a baliza
do enigma
entre a deriva
das trevas
e a lisa
malícia
da vida

ESCONDE-ESCONDE COM A VIDA

o vulgar
a lesma
o louco
a aberração
o descompasso
a areia
o axé
a firmeza
o grotesco
a sentença
o the end
a moleza
o enigma
a repetição
o anti-herói
a questão
o sacrifício
a febre

NOITE VIOLENTA

quando tudo se agita
e me derruba
quando a vida se vinga
e me perturba
a noite persiste com os virulentos
sonhos de um infante

GANGA

eu fui perdendo aos poucos
para de pouquinho e pouquinho
deslumbrar o filme

HÁ QUANTO TEMPO PRECISEI

passei despercebido pela escada
desviei a quadra do matagal
cutuquei a casinha do marimbondo
orquestrei gambiarras e acordei com o assalto da
consciência
matutei as piores pessoas no dia mais bonito
plantei a semente da metamorfose em plena convicção
com a surra
acordei enquanto a chuva exaltava o romantismo da
tempestade

O FIOFÓ DO TEMPO

um espantalho chorou
do outro lado da fera

uma lágrima secou
do outro lado da festa

estava fervorosa
nasceu a primeira neta

a rosa e a primavera
a casinha de boneca

ACENDI NA MAGRUGADA

os vampiros da minha noite
pintam estrelas assanhadas
fogaréus de inquilinos malditos
as razões de uma provocadora nata

quanto mais o sonho vaga
os vampiros se acostumam
a só ficarem sorrindo
diante o hiato das pinturas

se divertem com a tortura do fino
os gritos perdidos pela madrugada
aquelas ideias que só podem nascer na cascata da morte
zombam das maravilhas para se retirarem
aos primeiros berros do sol
seguindo as cinzas do meu criado-mudo

NAVES

eu ando triste
fugindo de abraços
aberto para uma nave
que me leve para onde
sempre tenha uma nave
que me levará para algum lugar

QUAL ESTRUTURA?

a estrutura que me cerca
e se esconde
como um fino diamante
que tampa o horizonte
é a estrutura que me lerda
ao ritmo alucinante
para pairar algo de mutante
em torno do falante
que esgarça os cabelos
exigindo a vitória dos elefantes

ANTRO

o antro

o engano

o absoluto

hoje está soturno

OS SEIOS DO MUNDO

seu andar opaco me trava as pernas
para cada astro você inflama um eclipse
você diz que as cobras não são sínteses
e que para cada loucura existe uma cama

você me mostra alguns filmes franceses da década de 80
acompanhados pela verborragia dos seus vizinhos em
crise

você me esconde a parte maldita dos rinocerontes
na ânsia de uma convulsão sobre as raposas e os lírios

você me mostra os seios do mundo
para eu nunca mais me perder pelo quarteirão

UM SOM ANTIGO

o último ônibus da noite
me leva por ruas antigas
das quais andei em outro ano
ouvindo o carro do sonho passar

NINGUÉM SE COMUNICA

lacaios
titubeando
o batuque

tiriças
maltratando
as mais velhas

SERÃO ESSAS BAGUNÇAS

serão essas bagunças
a paixão pela arte
o movimento da lua

serão essas bagunças
conspiradas por piratas
as desventuras da gruta

serão essas bagunças
a ardência dos moribundos
o machucado secreto

serão essas bagunças
o balanço na gangorra
a mão no meu coração

QUANDO CRIANÇA E OS BONECOS DE GUERRA

guerras
as figurinhas rasgadas
averiguei anos depois
numa caixa de perfume

COMO AS CHAROLAS SE PASSARAM POR JUDIEIRAS

as charolas
vão se enfiando
pela multidão
que corre endiabrada
dispersando o disforme
da fumaça e a garganta seca
hipnotizando certezas
cobrando o assalto de uma nova era
que carbura quem nasce por quem morre
a parada cardíaca de um dote
esses cheiros que marcam o dedo
o destino torcendo para que o estranho não volte

IBEREREMA

o meu primeiro pisar no prego
chorei e passei a semana
assistindo desenho

MISTUREBA NO CHÃO

a cidade me acelera
corta brechas
apalpa pontas

a cidade é uma beata
malandra
sonsa

QUANDO A BESTA FREIA

o desejo neoclássico
do flerte belo
no alvo exato

a trucagem sóbria
como as palmeiras
de uma colagem infantil

a besta comemora
os pequenos detalhes
da ferida

AS SACOLINHAS SÃO MINHAS AMIGAS

elas conversam

serão as pessoas os próximos dinossauros?

FÚRIA NO CORAÇÃO MARGINAL

os antigos morreram
e levaram a fúria

o marginal de hoje
não sabe o que fazer com a lua

SUA LÓGICA NÃO ME INCLUI

você me agita
recortando e colando fantasmas
porralouquice libertária
eu sendo a sua galáxia

CINEMA DE RUA

o cinema que vi meu primeiro filme
deixou apenas algumas cadeiras
para a projeção da minha imaginação

o cinema fechou
e virou uma loja de sabão

FACADA NO CENTRO

duas facadas na coluna
na rua lúdica do centro
o menino se assusta
para morrer no sereno

NA MARAVILHA DO FIRULENTO

o sol da manhã
você dormindo
o dia nasce
aflora o seu mito
para cada pintinha
o meu toque devagarzinho
você se assusta com a coberta
eu volto para o cantinho

BERGAMOTAS

pé sujo
chutando bola

as bergamotas
rolando pelo quintal

os gominhos divertiam

PRO ALTO

noite de tentação

você me sabota com o seu prazer

ALGUMAS SEMANAS DE SOLIDÃO

as sambiquiras estufaram
sozinho
fico admirando o horário

AS CRIANÇAS FELIZES

uma obsessão filosófica
pela vereda do pueril
a cárie, a figurinha
aquele querido mês de abril

CAIXOTE LASCADO

pouquinho torto
as pernas lentas
no céu da boca
as marginais
do vento

a juventude animada com garrafas
de vodka
e cigarros do Paraguai

alguns cometas eufóricos
instigados por natureza
os olhos feridos comemoram a noite

NA TERRA DOS MARACUJÁS DE GAVETA

a prosa da rua
que passa de um pra outro
volta para a catacumba
para depois se perder no ônibus

UM SIBITE SEM MAINHA

a minha infância foi marcada pela menina que se
envenenou
e a minha vizinha dizendo que os alienígenas moravam
nas nuvens

JOGO DO BIXO

balaio
de caretas
na janela
para o suicídio
do vaga-lume
entorpecido
pela aurora
e as nostalgias
do amor

PRAIA

boiando
a ninfa rondava
desejando o triunfo da experiência

AQUARELA

ao lado dela
eu sinto os melhores dias
o cheiro do bolo de chocolate
a aventura no parque de diversão

ao lado dela
sou aquarela
e ela
arrebentação

A CARONA PARA A VERTIGEM

fico andando pelas bordas
as ruas que não têm fim
olhares de pessoas mortas
o sentido de jasmim
como a minha vó assegurava
viver é um velho ruim
ao que me leve fora do mundo
o morcego sem o pinguim

PERVERSA ESPELUNCA

na casa ninguém falava
ninguém se entendia

lasciva
a casa nunca ficou vazia

de louco em farra
para largados pela família

a casa é infinita
a casa é uma ilha

CAIPORA

fumava desgraça
andava descalço
fugia pela noite afora

esqueceu a ginga do marasmo
quando conheceu a caipora

A CARROÇA NA FRENTE DOS BOIS

a berlinda
dos bois insanos
é um farrapo santo
diante o espanto do tempo

O MENINO MAU

era a peste da escola
zoava todo mundo

mau
de chutar passarinhos
e colocar gatos no microondas

um dia o muro da escola
caiu sobre ele
levando uma orelha

ATÉ O INFERNO

agarrei o laço
mudei de hábito
coloquei a virgula

o inferno
é uma luva

OS POSTES APAGADOS

acordei e você não estava mais aqui
procurei pelos sonhos
para acabar numa tarde de adivinhação
com o estilingue do meu primo

GOIABA

o bichinho da goiaba
chutava bola
no vidro

de se atar na disparada
se tornou meu amigo

NOSSO AMOR

gostamos de tapar buracos
com o pensamento
a flor, a casa e o brigadeiro

a tarde se revela fraca
e o nosso amor
muito mais quente

de repente
o crocodilo é manso
o céu está contente

FULIGEM

a madrugada briga com a escuridão
pestanejando a corja dos apaixonados
o beijo doce e o beijo amargo
amanhece o dia sem o canto do galo

PANEUFÓRICO

eram mínimos rabiscos
eram alguns viciadinhos

a perna de grilo
o frio do carinho

as perambulações
e a cabeça repousando sobre o seu colo

OUTRA CIDADE

arranjo de barbantes
sendo desfeito
pelo grande
umbigo

a mudança nasce da calma
de você comigo

IMAGEM BATIDA COM ÁGUA

foi se deprimindo
com o passar da chuva

a garota lhe mostrou o dedo
não viu a curva

sentia a narrativa trepidando
o destino dormindo em qualquer rua

ao descobrir que a noite não viria
cochilou com a carne crua

LARANJA

a laranja descascada
espirais de um novo começo

A PORTA FECHADA

a morte vai e volta
quem fecha a porta?

SALADA

siriricar o rastro do mar
pela punheta do presente
e as loucuras do amor

a salada
a couve-flor
a sua alegria em ver a cor

SUAS PRESAS

se enlouquecia
com o terceiro mundo
dando murros na tábua

a política da flor
a flor sem água

OCASIÃO DO REMENDO

o movimento caquético dos quadris
perecem pela montagem do canibal
que mutila os cancros e pindoramas
que se afasta da verve do pilantra
para domesticar mil raios em um segundo
decalcando a inocência do menino
para as mamas de uma lunática barbárie
que vaza, dilata e funda
a ocasião de um remendo sem sentido

NECA

neca
nessa
leva
prega
a vela

neca
dessa
meta
leva
seta

ela
leva
esta
aquela
neca

DANAÇÃO

a bronca da vida
machuca
desorienta

o tremelique não para
aumenta
com a neurose

volta a pensar sobre a morte
porém conta as migalhas
e prefere a sorte

PAUPÉRIA

paulada
pontuda

paulada
pergunta

paulada
por menos

paulada
psíquica

paulada
pomposa

paulada
pelo o meu cabelo

O MEU ESTORVO POR BOMBINHAS

desde bebê
o meu estorvo
por bombinhas

o tio do rojão
sempre me deu
o isqueiro

ano novo
carapuça
bagunça

a pólvora queima
o cachorro surta

COURO DURO

couro duro
te costuro

couro duro
te maduro

couro duro
te martelo

couro duro
minha janta

COMO SERIA

a sutura do autor

a origem da vida

como seria a intriga?

CINCO CENTAVOS

cinco centavos
ou a atenção
pedia o palhaço triste

DESTINO BATIDO

barranqueira
descalabro

o meu trago
é um ponto frágil
entre a fragrância
da margarida
e a bagunça
do armário

LENGA LENGA

lenga lenga
não esquenta
lenga lenga
quem almeja?
lenga lenga
mais cerveja
lenga lenga
devora senta
lenga lenga
o dia inventa
lenga lenga
o papo furado
lenga lenga
isso é um assalto!

EU QUERO DESCER

eu caminhei por mais de dois dias
encarei qualquer tipo de guia
me fantasiei de cavalo solitário

cheguei onde não tinha nada
apenas uma risada macabra
e o meu vulto sentado

O FURINHO DO CUPIM

o furinho do cupim
mostra pra mim
quem é o patinho feio

O FUZUÊ

a minha babilônia
é um fuzuê passado

SIGNO ESTRANHO

signo estranho
a rua cabreira

cada lado da luz
olhares saturados

a menina abandonou o cão
o ônibus atropelou um andarilho

DE RUÍDO E TRANSES

foi se descascando
abafando o ruído

a transe parou
por algum motivo
antigo

NOVAS MANEIRAS

não parei
o muro envelhecendo
e os meu livros empoeirados

não parei
a guerra do mundo
e os políticos pelados

não parei
a minha sede
e desarmonia

não parei
tudo uma fantasia

FITA

a fita do casamento dos meus pais
estava guardada junto com os vinis
e as cartelas de bingo

VENHA E ME BEIJE

tiro o miolo
para você me abocanhar

num quarto do centro
o nosso amor deve estar

SEM RUMO

me sentia como uma fritura suja
um pardal sem ambição
as rosas se tremiam com medo da chuva
me faltava sangue
me faltava alegria
me inquietava com a queda do fruto verde

A MALÍCIA DO TURBILHÃO

sucatarias em pleno progresso
gaguejava quem jurava sucesso
os mesmos bichões que arrotavam o veto
assim que a truculência bateu na casa do sério
a malícia sendo o último prego
no que havia de mais certo
no berro do servo
esperto

NÃO SEI QUANDO VOLTO

não sei quando volto
muito menos porque parti

a vida continua uma tramóia
tanto aqui como ali

se o relevo do corpo
não se entende com a alma
o abismo é o bisturi

entre várias semanas
o meu intuito
foi me destruir

O SENHOR

o senhor me alertou
que o leite da coroa-de-cristo
cegava

no dia que morreu
a coroa sangrava

FOI SE EMBOLORANDO

não sentia mais alegria
em beijar a testa do mundo

acordou para dormir
o pesadelo de um vagabundo

o filho morreu com o pai
restou a fotografia do grupo

para aquela desconhecida
o meu mistério desnudo

A SURPRESA

as borboletas
cantavam
o apocalipse
na tentação
da jabuticabeira

a imagem me infortunou
a semana inteira

ESTOPIM

o estopim que acaba a calmaria
um ou outro dilúvio da tarde

a panela de pressão faz do feijão
obra de arte

VÊNUS QUALQUER

o corte seco
sem feitiço
me agarra
como um
menino
que furou
a bola
em pleno
domingo

ZABOME DEMBA FISLO

tua assombração
em contra-plongée num filme caseiro
perfumada pelo cheiro do esmalte
escondida na novela de época
nas masmorras da pintura de Eva
abraçada ao último astronauta

O FUTUM DAS BIRELAS

Este livro foi impresso em papel pólen bold 90g/m², tipologia Crimson Text 11/19, no inverno de 2018.